© 2024 Lukas Wolfgang Börner

Coverdesign von: Sabrina Börner (https://www.boerner-kunst.de/)

ISBN Softcover: 978-3-384-31640-0

Druck und Distribution im Auftrag des Autors:
tredition GmbH, An der Strusbek 10, 22926 Ahrensburg, Germany

Lukas Wolfgang Börner

Gedichte

Gedichte. Inhalt:

Ad Venerem.

Marmorleichenteile. Den Rest vom Saale
trug dein Volk ins Inland zur Kathedrale
und zum Bade locken seither die Aale –
nicht mehr Adonis.

Sieh die Welt, die jenen und dich entzweit hat,
dass die Schönheit nimmermehr ein Geleit hat.
An der Menschheit, Göttin! bist du gescheitert,
letztlich gescheitert.

Schönheitsliebe? Lesertotalvernichtung!
Nur vom Klempner wünscht man sich heute Dichtung,
für den Künstler gibt es nur eine Richtung:
Plätschernde Prosa.

Unpraktisch sind rhythmische Wörterfetzen:
Schwer zu lesen, schwerer zu übersetzen
und indes – mitnichten zu unterschätzen –
schwerstens verfilmbar.

Manchmal – *Das Parfum* fällt mir etwa ein –
kann auch Plätscher-Prosa was Großes sein
oder auch ein lyrisches Drama klein.
Jedermann weiß das.

Doch veracht' ich jeden, der seine Kunst
für den gellen Menschenapplaus verhunzt,
und ersehne fortan nur eine Gunst:
Deine, Geliebte!

Sieh die Menschheit, die sich von dir befreit hat,
die sich nun mit hässlichen Hur'n erheitert.
An der Menschheit, Göttin! bin ich gescheitert,
kläglich gescheitert.

Wie betörst du Burgfräulein meine Sinne!
Nenn mich Wolfram, nenn meine Dichtung Minne,
die ich hiermit einzig für dich beginne –
wie ich dich liebe!

Lass mich dich zuletzt wie in alten Zeiten
durch den Venusberg meiner Kunst geleiten.
Mit Beschluss der letzten Kapitelseiten
werde ich sterben.
*

Am bebenden Hang.

Nun braust der Sturm durch die spröden Wipfel,
der heiße Tag erlischt.
Es peitscht der Bach vom jähen Gipfel
hernieder und verwischt
der Vögel warnenden Gesang.
Nur Mut, nur Mut, 's ist nimmer lang!

In blauer abgehackter Linie
fällt ein Blitz als scharfer Säbel –
wie müde Greifen sinken Nebel,
es quietscht und qualmt die Pinie.

Die ausgedehnte Landschaft mir zu Füßen
spuckt ertrinkend Dampf und Blätter,
erblasst zuletzt im grauen Wetter.
Doch es zischeln unterdessen
all die wogenden Zypressen:
Kühner Wandrer, lass dich grüßen!

Blütenstaub umgarnt den Regen,
um verschnörkelnd jedem Hange
fesche Kleider anzulegen.
Nur Mut, nur Mut, 's ist nimmer lange!
Dann sollst du zu den Göttern finden
und ewig zwischen Gleichgesinnten
dich bewegen.

Heißa! auf schwindelnden Bergeshöhn
zwischen schmucken Marmorbildern
und vergessenen Ruinen,
die im Efeu längst verwildern,
steh ich stolz dem Donnerregen,
dem Sturzbach und dem Sturm entgegen,
den Wahrhaftigen –
den Gewaltigen –
den höchsten Mächten nur zu dienen!

Keine Sintflut macht mich wanken:
Wuchtig schlägt das Herz in meiner Brust!
Dir, schöne Jungfer, muss ich danken
für diese Liebe, diese Lust!
Dem Launenspiel, dass Herzen höher schlagen
und jäh verstummen, trotzen wir vergebens:
Der Sinn, der Grund, die Antwort aller Fragen
wohnt in der Brust als schäumendes Getriebe.
Senkt, Götter, euer Haupt! Der Quell des Lebens
ist mein Besitz, denn mir gehört die Liebe!
Kein Sterblicher hat je geliebt wie ich!
Der Menschen dürftiges Gefühlchenfließen
vereinigt nur in meinem Herzen sich,
um wilde Wasserfälle aufzugießen.

Geschaffen, um selber zu schaffen – es war
mein Herz sich der Macht seines Tuns nie bewusst.
Was kam, was da hielt, was da ging immerdar,
erquickte sich endlos am Quell meiner Brust.
Du liebliches Kind! deine schöne Gestalt
hat mir wie ein Schlag die Gewissheit gebracht:
Jedes Geschöpf, jede Blume, den Wald,
alles, was lebt, habe ich dir gemacht!

Ich schicke dir den Morgenschimmer,
wenn ein schwerer Traum dich drückt.
Dann weißt du, dass Aurora immer
dich mit Spiel und Tanz beglückt.

Ich schicke dir den Veilchenduft,
Hibiskus und den Frühlingsflor,
sowie nach Blumen als Dekor
und Blütenöl dein Busen ruft.

Ich schicke dir das Rossgespann,
das stets den Sonnenwagen führt,
damit er dich erwärmen kann,
wenn dir der Leib vor Kälte friert.

Ich schicke dir die goldnen Bienen,
wenn es dich nach Früchten drängt.
Mit Feigenfleisch und Apfelsinen
seist du fürderhin beschenkt.

Ich schicke eines meiner Rehe
dir in den Olivenhain,
damit es dir zur Seite stehe,
fühlst du dich einmal allein.

Ich schicke dir ein ganzes Heer
Johanniskäfer, wenn es dunkelt,
dass es dir recht traulich funkelt,
werden deine Lider schwer.

Ich schicke alle Nachtigallen
mitternächtens zu dir hin,
dass ihre süßen Melodien
als Träume in dein Bettchen fallen.

Ich schicke dir, was dir gefällt:
Den Berg, das Tal, das Sternenzelt,
das Land, das Meer, die ganze Welt,
dass du ein Bild dir davon machst,
was du in meinem Herz entfachst.

Geschaffen, um selber zu schaffen – es war
mein Herz sich der Macht seines Tuns nie bewusst.
Was kommt, was da hält, was da geht immerdar,
erquickt sich am Quell meiner liebenden Brust.
Ein Jedes soll dir ein Geleit, ein Vergnügen,
ein Hüter, ein Freund und ein Zeitvertreib sein,
als Dank, denn durch deinen entzückenden Schein
hab ich das gelobte Gebirge erstiegen.

*

An den Mond.

Lange erloschen und falsch sind die Sterne.
Hesperos! Heuchler und deine Konsorten,
artig erscheint ihr mit Taten und Worten,
wäret doch meine Begleiter so gerne!
Glaubt mir, ich habe euch längst schon durchschaut,
als Zeitvertreib sollte mein Dasein euch dienen,
nur zum Vergnügen seid ihr hier erschienen.
Ich war als Dirne euch Freunden vertraut!
So summ ich des Nachts mit dem Monde gemeinsam:
Freunde sind Lügner! Wir alle sind einsam!

Strahlende Gottheit! Von jeglichen Mächten
bist du die einzige wahre und treue,
bist du der Anstoß, warum ich mich freue.
Immer doch, wenn mir die Sterne den schlechten
Liebesbeweis in mein Treueherz flößten,
sah ich dich warnend im Weltenraum brennen:
Ferne genug, meine Pein zu erkennen,
strahlend genug, mich gebührend zu trösten.
Nächtens noch summen wir seither gemeinsam:
Freunde sind Lügner! Wir alle sind einsam!

Ach! ich verzehre mich nach deinem Schein,
der lindernd und tröstend mein Schicksal umhüllt.
Mein Leib treibt begierig hinauf an dein Bild.
Ich weiß, ich bin einsam, doch nimmer allein!
In deinem Gefunkel nur will ich mich wiegen,
nur als dein Spiegelbild bleibe ich wer.
Aus seinen Angeln noch heb ich das Meer,
um meine Erscheinung an deine zu schmiegen.
Ewig vereinigt uns dieses Duett.
Lass Freundschaften fahren und bring mich zu Bett!
*

Angst.

Süßes Kind, ich will keine Angst mehr haben.
Wie ersehnte ich es, geliebt zu werden,
wie ersehnte ich es, heranzureifen
gleich einem Pfirsich.

Aus dem heimatlichen Geäst geschüttelt,
eben noch als Spielball dem Hund entronnen,
schwirrt nun ekelhaftes Geschmeiß um meine
rissige Rundung.

Auf die blauen Schnabeldelfine zeigend
jauchzt du, kleines Mädchen, aus vollem Halse.
Und ich staune mit dir und sehe doch nur
glanzlose Fische.

Sieh, mein Schatz, dem Abendrot fallen Sterne
vom Gesicht – wie heimliche Männerblicke.
In die schamlos starrenden Sterne aber
darfst du nicht blicken.

Alles gleißt – zum Tempel aus Diamanten
werden Äther, Finsternis und Gewässer.
Ruhig ist dein Herzschlag, du schläfst im Schimmer.
ich schlafe nimmer.

Süßes Kind, ich will keine Angst mehr haben.
Wie ersehne ich es, verschmäht zu werden,
wie ersehne ich es, mich einzugraben
unter den Blättern.
*

Asbestose.

Ein Haus mit wärmendem Asbest
hast du um unser Herz gestellt.
Das Loch, das du nun hinterlässt,
füllt indes kein Gips der Welt.
*

Auf kirschroten Dielen.

Was tatest du hier auf den kirschroten Dielen,
  mein Kindchen, so lieblich und fein?
Verstecken und Fangen mit Stiefpapa spielen,
  oh, Mama, du stolzeste, mein.
  Oh je, wie ist's Herz mir so weh!

Womit habt ihr beide als nächstes gespielt,
  mein Kindchen, so lieblich und fein?
Mit meinem klein Kätzchen, recht unzart und wild,
  oh, Mama, du stolzeste, mein.
  Oh je, wie ist's Herz mir so weh!

Was tat bei dem Spiele dein Kätzchen sodann,
  mein Kindchen, so lieblich und fein?
Mein Kätzchen hat fürchterlich weh mir getan,
  oh, Mama, du stolzeste, mein.
  Oh je, wie ist's Herz mir so weh!

Was tatest du also in Kummer und Leid,
  mein Kindchen, so lieblich und fein?
Ich schrie wie am Spieß bis zur Kraftlosigkeit,
  oh, Mama, du stolzeste, mein.
  Oh je, wie ist's Herz mir so weh!

Wie stillte der Stiefpapa dich in der Qual,
  mein Kindchen, so lieblich und fein?
Er bürstete mich mit Besteck siebenmal,
  oh, Mama, du stolzeste, mein.
  Oh je, wie ist's Herz mir so weh!

Was wünschest du deinem Geschwister und Bruder,
  mein Kindchen, so lieblich und fein?
Recht klare Gesinnung und rastloses Ruder,
  oh, Mama, du stolzeste, mein.
  Oh je, wie ist's Herz mir so weh!

Was wünschest du noch deinem jetzigen Vater,
mein Kindchen, so lieblich und fein?
Bestialisches, quälendes Höllentheater,
oh, Mama, du stolzeste, mein.
Oh je, wie ist's Herz mir so weh!

Was wünschest du deiner dich liebenden Mama,
mein Kindchen, so lieblich und fein?
Nicht minder erschreckende Schmerzen und Jammer,
oh, Mama, du stolzeste, mein.
Oh je, wie ist's Herz mir so weh!

Wo, sage mir, soll ich ins Bettchen dich hüllen,
mein Kindchen, so lieblich und fein?
Auf diesen so feuchten und klebrigen Dielen,
oh, Mama, du stolzeste, mein.
Oh je, wie ist's Herz mir so weh!
*

Befana.

Nach „La Befana" von Giovanni Pascoli aus dem Jahre 1897.

Und Befana wandelt, wandelt
in der Nacht aus Berges Höhen.
Nur von Müdigkeit und Böen,
Schnee und Frost wird sie ummantelt.
Und Befana wandelt, wandelt.

Armekreuzend auf den Rippen
trägt den Schnee sie als ein Jäcklein,
trägt den Frost sie als ein Säcklein,
trägt den Wind sie auf den Lippen,
armekreuzend auf den Rippen.

Kämpft sich vorwärts, zähe, zähe,
nach den Hütten und den Villen,
ihre Neugier so zu stillen,
ob von Fern, ob aus der Nähe.
Zähe zähe, zähe zähe.

Was geschieht in jenem Landhaus?
Alles still, allein ein Knarzen
hört man. Und es füllt den schwarzen
Raum nur einer Kerze Brand aus.
Was geschieht in jenem Landhaus?

Und sie schaut und sieht: Drei Decklein,
hütend dreier Kinder Schlummer.
Und sie schaut und sieht: In stummer
Spannung aufgehängt drei Söcklein.
Oh! drei Söcklein und drei Decklein.

Lichterglanz flammt auf und nieder.
Knarrend über Treppe, Zimmer
und Gardinen tanzt der Schimmer
auf- und abwärts, immer wieder.
Wer steigt hoch? Wer steigt hernieder?

Gaben trug Mama hernieder.
Als sie geht, streift ihr Gesicht ein
kirchenlampenhelles Lichtlein
und ein Lächeln streift die Lider.
Gaben trug Mama hernieder.

Und Befana steht am Fenster,
horcht und schaut und wandelt weiter,
wählt den Nordwind als Begleiter –
was die Straße auch umkränzt, er
schüttelt alles: Türen, Fenster.

Was geschieht in jener Hütte?
Lange Seufzer nur erschallen,
glühwurmgleiche Schimmer fallen
vom Kamin auf jede Schütte.
Was geschieht in jener Hütte?

Und sie schaut und sieht: Drei Schütten,
hütend dreier Kinder Schlummer.
Und drei Schuh, von stillem Kummer
aschbegraut und abgeschritten.
Oh! drei Schuhe und drei Schütten.

Und die Mutter ohne Ruhe
spinnt und schluchzt und blickt verstohlen
auf die Holzschuh bei den Kohlen.
Oh! die aufgereihten Schuhe …
weinend spinnt sie ohne Ruhe.

Und Befana sieht sie leiden,
flieht zum Berg – dem Morgenschimmer.
Jene Mutter weint noch immer
um die Kinder ohne Freuden.
Und Befana hört sie leiden.

Sinnend steht Befana droben.
Es ist heute wie vor Tagen:
Manche lachen, manche klagen –
vorne ist der Berg verwoben
von Gewölk, doch licht da droben.

*

Charon. Endlich.

Charon.
Endlich.
Da kommst du gefahren.
Die Welt ist Leid.
Die Welt ist schändlich.
Das Füllhorn ist die Sterblichkeit.

So wohlig grässlich.
Wie deine Haut zerfällt.
So hässlich.
Wie diese Welt.

Ich fürchte keine Qualen mehr.
Keine Pein im Hades.
Die Schwestern und die Götter droben
haben ein Dasein mir gewoben.
Ein fades.
Nun laufen die Maschen.
Endlich laufen die Maschen.
Nimmermehr
will ich von der Welt bedroht sein.
Ich will tot sein.

Unter dem Schillern der Sterne
spielen die Schwestern so gerne.
Wach und dumm.
Und froh darum.
Müde und klug
in eurer Dummheit zu versinken,
im größten Lebensraum ertrinken,
das ist mir Trost genug.
Nimmermehr
will ich devot sein.
Ich will tot sein.

Kein Lüftchen weht.
Das Wasser steht.
Dein Kahn
stößt an mein totes Leben an.
So gerne
will ich hier auf deinem Boot sein.
Ich will tot sein.

Meine Stimme soll als Stöhnen
fortan aus der Muschel tönen.

Fortan aus der Muschel tönen.

Aus der Muschel tönen.
*

Das Eiszeitmädchen.

Ich sah, es war vor Tag und Jahr,
ein Jägermädchen ziehen.
Sie wollte vor dem Winter fliehen,
der jäh gekommen war.
Die weiße Pest mit totem Hauch
erreichte schon das Tal.
Die Klippen stöhnten voller Qual,
die Bäume stöhnten auch.
Die Mammutherde zog vorüber,
durch die verschneite Klamm.
Ein Auerochs lag tot im Schlamm,
Schakale krochen drüber.
Verödet lag die Welt hienieden,
doch sie marschierte schnell
und schmiegte sich ins Bärenfell
und war darum zufrieden.
Da saß ein Kind an einer Föhre.
Das hätte sie gebeten,
ein Stück des Felles abzutreten,
bevor es noch erfröre.

Hab Mitleid, Mitleid mit mir armen,
ich leide größte Not!
Der frühe Winter ist mein Tod,
hab Mitleid und Erbarmen!
Ein Federkleidchen wärmt den Zeisig,
ein Fell das Murmeltier,
ich aber sitze barfuß hier,
ganz ohne Glut und Reisig!

Ich riet der Jägerin zu gehen,
doch war sie nicht so kühl
und konnte ihrem Mitgefühl
nicht länger wiederstehen.

Hab Mitleid, Mitleid mit mir armen,
ich leide größte Not!
Der frühe Winter ist mein Tod,
hab Mitleid und Erbarmen!
Ein Federkleidchen wärmt den Zeisig,
ein Zottelfell das Ren,
nur ich muss ohne Kleider gehn
und mir ist doch so eisig!

Vom Berge rollten raue Winde,
doch sie hielt dennoch an,
zerschnitt das Bärenfell sodann
und teilte mit dem Kinde.
So dankbar, wie das Kind da war,
so rasch die Kälte gleitet
und wo sie auf der Haut sich breitet,
wird alles steif und starr.
Nachts rammte beide so der Wind,
wie sie ihn nie gefühlt.
Sie waren bald so unterkühlt,
wie es die Gletscher sind.
Die weiße Pest mit totem Hauch
erfüllte schon das Tal.
Die Klippen ächzten voller Qual,
die Bäume ächzten auch.
Doch plötzlich stieß das Morgenrot
den Frost zum Berg zurück.
Und jedes Tier war voller Glück,
doch Kind und Jäg'rin: Tot.

*

Das Georgslied.

Fern, in einem Salzgewässer
in dem Lande Libyen
lebte einst ein Menschenfresser
unter den Amphibien.
Dieses Biest spie Gift und Flammen,
wenn man kreuzte seine Fährte,
warf zuletzt das Reich zusammen,
bis man es mit Opfern nährte.
Seitdem, ach! bekam es täglich
Kind und Jungfern in den Magen.
Alles weinte drob unsäglich,
doch man musste es ertragen.

Einmal fing des Loses Rachen
gar die holde Königstochter.
Gnade flehte man beim Drachen,
aber keine andre mocht er.
Und es stürmten wackre Kerle
und auch Leute aus dem Volk los,
um die undurchbohrte Perle
zu erretten – doch erfolglos.
Bis zum Bersten prall gleich Würsten
schob das Biest sich zur Noblesse hin,
sprach die Dynastie dem Fürsten
ab und suchte die Prinzessin.

So vernichtete der See-Ork
fast die Monarchie. Indessen
jagte fern der fromme Georg
zwischen Pinien und Zypressen.
„Georg," sprach die Morgenröte,
„rette uns das Königskind.
Such den Drachen heim und töte
mit dem Schwerte ihn geschwind."
Da erhob der Fromme tüchtig
seinen Körper von dem Ansitz,
denn er kannte, wenn auch flüchtig,
die Prinzessin und ihr Antlitz.

Bald darauf auf seinem Rappen
sah man ihn in eilger Hast.
Ohne Rüstung, ohne Knappen
hielt er fest sein Schwert umfasst.
„Georg,“ nachts vom Mond es hallte,
„rette uns das Königsmädel.
Such den Drachen heim und spalte
mit dem Schwerte seinen Schädel.“
Und am nächsten Morgen endlich
sah er das geschuppte Vieh,
das mit Gift und Flammen schändlich
nach dem Königsschlosse spie.

„Höre,“ fauchte da der Drache,
und trat Georg jäh entgegen,
„wenn auch Feuer ich entfache –
kommt es Euch nicht ganz gelegen?
Nimmt der König nicht von allen,
nur um noch ein Schloss zu bauen?
Sind nicht seine Habsuchtskrallen
schärfer noch als meine Klauen?
Ist es nicht Verderb und Schande,
was er ausspeit gleich dem Feuer?
Ist das Könighaus im Lande
nicht das wahre Ungeheuer?“

„Deine Rede,“ sprach der Ritter,
„ist die Rede aller Echsen.
Rebensaft schmeckt manchmal bitter –
auch ein König kann nicht hexen.
Ihr jedoch, ihr flachen Geister,
gebt euch stets als Partisanen,
aber ‚Neid und Missgunst‘ heißt der
Leitspruch eurer Tugendfahnen.
Ist der König noch so redlich,
jeder meint, er kann es besser.
Doch des Volkes Wunsch ist schädlich –
dieser ist der Menschenfresser.“

Mit dem Schwerte sprang vom Pferd er,
um dem Biest das Fell zu gerben.
Es schlug hart ihn – er schlug härter:
„Sei bereit, gleich sollst du sterben!"
Blut aus dem Lacertenleibe
spritzte heiß ihm ins Gesicht,
im Verlangen nach dem Weibe
aber klagte jener nicht.
Mit der Kraft von vierzig Mannen
stieß sein Schwert er bis zum Hefte
in das Neidherz des Tyrannen –
und es schwanden dessen Kräfte.

Und es kamen Kind und König
und die invaliden Krieger,
auch das Volk, verschämt ein wenig –
alles kreiste um den Sieger.
„Nimm das Mädchen hier zur Gattin,"
sprach der König mit Applaus,
„geh zum Thron an meiner statt hin!"
Doch der Recke schlug es aus.
Tief und fester als die Erle
saß sein Ethos und Verzichten.
Er durchbohrte noch die Perle
und ritt fort zu neuen Pflichten.
*

Der Fischer.

Hört! wie Orpheus singt der Mann,
der dorten treibt im Fischerkahn.
Sein allerliebstes Kind vermisst er,
seine Frau im Geiste küsst er.

Hoffend harrt er lange aus
und träumt vom Fang und von zu Haus.
Doch ich entsteig dem Ozean
und biete meinen Leib ihm an!

Schöner Fischer, rufe ich,
so komm herbei und küsse mich!
Mein Leib verzehrt sich nach dem deinen,
lass uns beide hier vereinen!

Wie er sich die Lippen leckt,
mir seine Hand entgegenstreckt,
wie seine Augen gierig glühn!
Ein letztes Mal, dann ist's dahin.

Fürwahr! er springt ins Meer hinein
umschlingt die Brust mir und das Bein.
Hier oben freilich hechelt er,
nur flugs hinab! Nun röchelt er!

Lass fühlen deine Manneskraft!
Was ist dir, Fischer? So erschlafft?
Trotz allem will ich dich dort fassen
und dich nicht nach oben lassen!

Oh, du Armer, welche Qual!
Du zappelst wie im Netz der Wal,
erreichst den Äther mit den Händen
und musst dennoch hier verenden!

Hei! wie deine Augen stieren!
Soll ich dein Gemächt massieren,
bis der Lebensgeist dir schwindet
und dich Charon tot hier findet?

Keine Glieder mehr bewegend
treibst du nun. Oh! wie erregend
ist mir dein verblasstes Leben!
Lass mich einen Kuss dir geben!
*

Der Schatz der Nibelungen. Ein Sonettenkranz.

I. Erwachen.

Ihr lieben Brüder, geht es euch wie mir?
Zu Häupten tanzt Aurora in den Lüften,
umworben stets von schamlos süßen Düften
erblicket frische Landesfarben ihr!

Die Nymphen toben wieder mit Pläsier
im Schattenspiel von imposanten Klüften,
im kühlen Quell, benetzt bis an die Hüften.
Und nach der Weite packt euch jähe Gier!

Doch, Brüder! nein, ihr wollt ja gar nicht fort,
es fesselt plötzlich euch – wie mich – der Ort
gemeinsamer Kultur und gleicher Zungen.

Beklommen geben diese Huld wir kund,
wir wollen tiefer auf den deutschen Grund!
Kommt! suchen wir den Schatz der Nibelungen!
*

II. Der Wert des Landes.

Kommt! suchen wir den Schatz der Nibelungen!
Heroisch bäumen sich die Ufer auf,
im Westen geht des Stromes Donnerlauf
gerade bald, bald schwellend, bald verschlungen.

Von welchem Ort hat jenes Lied gesungen?
Bei Lôche türmet sich das Gold zu Hauf
und drang doch nimmer aus dem Rhein herauf.
Der Wert des Landes nur ist aufgedrungen.

Nur her zum Rheine also! Hurtig! Prompt!
Und wenn von Weitem ihr gelaufen kommt,
betrachtet die Kultur am Wegesrand!

Nur hurtig, dass der Tag vorüberweht!
Nur weiter! Brüder! in der Ferne steht
der alte Birnenbaum im Havelland.
*

III. Ew'ge Herzensgüte.

Der alte Birnenbaum im Havelland
besteht noch immer hier, als ob der Herr
von Ribbeck nicht schon längst verstorben wär,
der manche Jahre hier statt seiner stand.

Und kommt von Norden, Brüder, ihr gerannt
und seht von Birnen ihn beladen schwer,
so hört ihr's tuscheln: „Junge, wist' ne Beer?"
Und eine Birne fällt in eure Hand.

Die leuchtet golden, duftet süß und fruchtig,
von sanfter Herzlichkeit zum Bersten wuchtig!
Ist dies nicht wahren Glückes Unterpfand?

Nur hurtig, dass der Tag vorüberweht!
Nur weiter! In der Ferne reitet spät
der Schimmelreiter am verlassnen Strand.

*

IV. Die Spukgestalt.

Der Schimmelreiter am verlassnen Strand
erscheint euch nachts wie eine Spukgestalt.
Die Sonne krankt, der Wind bläst rau und kalt,
die Dunkelheit schwappt mit dem Meer ans Land.

Da plötzlich kommt ein bleiches Tier gerannt,
ein wilder Schimmel ist's, zerzaust und alt,
und trotz der Finsternis gewahrt ihr bald
den Mann darauf im flatternden Gewand.

Und fort ist er! Wie sich die Härchen kräuseln!
Gar schauerlich ist euch das hohe Säuseln
und Trappeln ans verwirrte Ohr gedrungen!

Nur hurtig, dass die Nacht vorüberweht!
Bedenkt auch – wenn ihr über Brücken geht –
des deutschen Spießertums durchtriebne Jungen.

*

V. Nötiges Chaos.

Des deutschen Spießertums durchtriebne Jungen,
mit Namen Max und Moritz, nah dem Stege
verbergen sich geschwind – und auch die Säge.
Und schon ist johlend ein Affront erklungen.

Der Schneider kommt zum Haus herausgesprungen,
war immer pflichtbewusst, devot und rege
und wird doch Opfer der verbauten Wege,
der nassen Kleider und Beleidigungen.

Ja, solches Opfer schmerzt und tut doch Not:
Zu rasch fährt Herzens- und Gedankentod
ins Labsal bürgerlicher Regelungen.

Herüber, wo des Rheines Wasser fließt!
Und kommt ihr aus dem Süden, Brüder! grüßt
die Schwabenschar auf ihren Wanderungen!
*

VI. Die ewige Dummheit.

Die Schwabenschar auf ihren Wanderungen
versteinert vor dem Ungetier im Gras
und grübelt, grübelt ohne Unterlass
und bangt und glaubt sich selbst bereits bezwungen.

Der Lerchenschlag ist lange schon verklungen,
da heißt's: „Das Ungehüer ischt a Has!"
Schon zieht die Meute weiter voller Spaß
und manches Lied wird unterwegs gesungen.

Ach, Brüder! ärgert euch nur niemals über
naive Geister, sondern lacht darüber,
sonst nimmt das Missvergnügen überhand.

Nur hurtig, dass der Tag vorüberweht!
Nur weiter! In der Ferne wartet stet
die schöne Lau bei hohem Wasserstand.

*

VII. Das Gedicht des Lebens.

Die schöne Lau bei hohem Wasserstand
erwartet ihren Mann im Abendlicht,
das sich im brodelnden Gewässer bricht.
Und auf dem Bauch ruht schützend ihre Hand.

Das größte Glück wölbt endlich ihr Gewand,
Familie heißt das göttliche Gedicht.
Da lacht das Herz, da lacht ihr Angesicht,
weil dies Poem nie seinen Meister fand.

Für immer muss Geschöpf der Schöpfung weichen.
Wer niemals schafft, wird nie der Gottheit gleichen!
Der Sinn ist zeitlos und doch unbekannt.

Nur hurtig, dass der Tag vorüberweht!
Nur weiter! In der Ferne just entsteht
das Glasmännlein am schwarzen Waldesrand.
*

VIII. Ein kaltes Herz.

Das Glasmännlein am schwarzen Waldesrand
erscheint noch heute jedem Sonntagskind,
wenn es das rechte Sprüchlein weiß, geschwind.
Drei Wünsche werden ihm sogleich gesandt.

Und wählt es nicht die Wünsche mit Verstand
und ist es nur auf Geld und Macht gesinnt,
verschwindet jäh das Männlein, wie der Wind.
Dem Kind hat sich der Himmel abgewandt.

Doch, Brüder! steht auch hoch die Mondensichel
und schläft der Wald, geht nie zum schlimmen Michel!
Ein kaltes Herz nur wird mit Gier errungen.

Nur hurtig, dass die Nacht vorüberweht!
Im Osten wird derweilen trotz Gebet
der Tannhauser vom Venusberg verschlungen.
*

40

IX. Die Güte der Götter.

Der Tannhauser, vom Venusberg verschlungen,
verlebt die schönsten Stunden an dem Ort
und kommt doch nimmer, nimmer davon fort
trotz frommer Bitten und Entschuldigungen.

Es ist dem guten Ritter nicht gelungen:
Der Papst verzieh ihm nicht sein Leben dort.
Jedoch als höheres Vergebungswort
sind Blüten bald aus seinem Stab gedrungen.

Seht, wie die Herzlichkeit der Schöpfer schwankt:
Die Heidengöttin gibt, was man verlangt,
der Herrgott zeigt sich höchstens jovial.

Nur hurtig, dass der Tag vorüberweht!
Nur weiter! Dem Studentencorps entgeht
Mephisto im behaglichen Lokal.

*

X. Auerbachs Keller.

Mephisto im behaglichen Lokal
führt das betrunkene Studentencorps
mit Faustens Hilfe hinterlistig vor
und räumt zuletzt mit einem Knall den Saal.

Ihr kennt den Teufelstrank dort im Pokal
und trinkt ihn doch – wie jeder arme Tor.
Ja, Sünden bleiben Wein und Weiberflor,
doch auch des Lebens steter Sonnenstrahl!

Das Kleine schillert nur – das Große glänzt.
Moraltrompeter werden ausgegrenzt,
das Böse doch begeistert allemal.

Nur hurtig, dass die Nacht vorüberweht!
Nur hin zur nächsten Stadt! Dort, Brüder! dreht
das garstge Äpfelweib am Holzportal!
*

XI. Wunderbarer Wahnsinn.

Das garstge Äpfelweib am Holzportal
ist freilich bloß ein ordinärer Knauf,
so scheint's – denn drückt man seine Hand darauf,
erwacht sogleich die Hexe, macht Krawall

und poltert „Ins Kristall" und „bald dein Fall!"
Fällt, Brüder! euch das Wunderbare auf,
so nehmt auch stets den Geisterspuk in Kauf
und führt kein enges Leben im Kristall!

Die Welt ist Wissen. Wollt ihr alles fassen,
seid ihr zuletzt dem Wahnsinn überlassen.
Real ist auch die Halluzination.

Nur hurtig, dass der Tag vorüberweht!
Und kommt ihr aus dem Westen, Brüder! seht:
Im Walde Genoveva mit dem Sohn.
*

XII. Heilige Gerechtigkeit.

Im Walde Genoveva mit dem Sohn
lebt dorten vor der Menschheit ganz versteckt
und wird von einer Hirschkuh zugedeckt
wohl bei der Nachtigallen erstem Ton.

Es ist ein wohlvertrautes Märchen schon,
dass eine gute Tat die andre weckt,
und wer sein Hemd mit fremdem Blut befleckt,
erhält die Strafe, den gerechten Lohn.

Seit jeher salbte man die eigne Hand
mit Öl im Wasser – und hat sich verbrannt,
sofern man jenes Öl ins Feuer goss.

Nur hurtig, dass der Tag vorüberweht!
Nur weiter! In der Ferne noch besteht
im Unterschlupf der Heinzelmännchentross.
*

XIII. Faulheit und Neugier.

Im Unterschlupf der Heinzelmännchentross
hat unauffindbar sich seit einst verkrochen.
War früher erst der Abend angebrochen,
dann ging ein Werkeln und ein Schleifen los.

Die Männleinschar zu Köln beschlug das Ross,
tat backen, brauen, nähen, putzen, kochen,
tat über Stunden, Tage oder Wochen
all das, was einen faulen Mann verdross.

Ach, weil – wie immer – aber die Vermählte
doch ihre schlimme Neugier nicht verhehlte,
war bald vorbei, was jeder einst genoss.

Nur hurtig, dass die Nacht vorüberweht!
Nur weiter! Euren Kopf zuletzt verdreht
die Loreley im hohen Felsenschloss.
*

XIV. Am Ziel.

Die Loreley im hohen Felsenschloss
kämmt immer noch mit ihrem Kamm aus Gold
ihr goldnes Haar, das duftig voll und hold
seit jeher schon um ihren Busen floss.

Doch, Brüder! blickt zum Rheine, dem Koloss!
Geschafft! Wir sind am Endziel, wie gewollt!
Lasst heben uns den Schatz zum Ehrensold,
wo Hagen ihn einst in die Fluten goss.

Was soll denn das? – Da ist nichts! Und dort auch nicht!
Auch näher hin zum Ufer bei dem Strauch nicht!
Ach, nirgends, nirgends blinkt es! Spott und Hohn!

Der Nibelungenschatz als deutsche Wiege?
Nur trübes Wasser, Einbildung und Lüge,
das ist der Goldschatz der Kulturnation.
*

Meistersonett.

Kommt! suchen wir den Schatz der Nibelungen!
Der alte Birnenbaum im Havelland,
der Schimmelreiter am verlassnen Strand,
des deutschen Spießertums durchtriebne Jungen,

die Schwabenschar auf ihren Wanderungen,
die schöne Lau bei hohem Wasserstand,
das Glasmännlein am schwarzen Waldesrand,
der Tannhauser vom Venusberg verschlungen,

Mephisto im behaglichen Lokal,
das garstge Äpfelweib am Holzportal,
im Walde Genoveva mit dem Sohn,

im Unterschlupf der Heinzelmännchentross,
die Loreley im hohen Felsenschloss:
das ist der Goldschatz der Kulturnation.

*

Der Wein des Dichters.

Seht, ihr Götter, am Gestein
entfalten sich vier Sorten Beeren,
die seit Tagen hier vergären.
Nun entsteht der Dichterwein.

Leichte Gärung grüner Reben,
frisch gehopst ins neue Leben,
wohlbewusst, dass jede Stufe
wieder neue Würze rufe,
alle Freude, alle Wonne,
stets getrunken aus der Sonne,
alles Tanzen, alles Singen,
wenn im Wind die Blätter schwingen,
alle Freude, aller Spaß,
Begeisterung und sonst noch was
springet hier als leichter Wein
in den Kantharos hinein.

Herbe Gärung weißer Reben,
stetig sinnend übers Leben,
wägend, ob ein Weg ein rechter
Weg sei oder doch ein schlechter.
Alles Denken, alles Sinnen
über Maden, Würmer, Spinnen,
aller Zweifel, alle Ahnung:
Zufall oder Götterplanung?
das Vermögen und Behagen,
schwere Bildung zu ertragen,
rieselt hier als herber Wein
in den Kantharos hinein.

Süße Gärung roter Reben,
kostend jede Lust im Leben,
rund und prall, zum Bersten wuchtig,
stets verführerisch und fruchtig,
alles Flüstern, alles Flöten,
dass die Wälder sanft erröten,
alle Reife, alle Frucht,
begierig, dass man sie versucht,
das erregende Begehren,
sich mit Bienen zu vermehren,
rauschet hier als süßer Wein
in den Kantharos hinein.

Schwere Gärung blauer Reben,
sorgenvoll entsagt dem Leben,
so wie Tränen an den Wangen
gelber Blätter aufgehangen,
alle Leiden, alles Elend,
stets an Trost und Wärme fehlend,
alle Ängste, alle Schrecken,
sich dem Schnitter hinzustrecken,
alles Gift und aller Geifer,
Kränkungssucht und Tötungseifer
rinnet hier als schwerer Wein
in den Kantharos hinein.

Apollo! hättest du vor Jahren
das Rezept bei dem Orakel
nicht von Dionys erfahren,
hätten wir nicht dies Debakel!
Fürchtet dies Getränk von Dichtern!
Denn ein kleines Schlücklein nur
berauscht euch. Nimmer seid ihr nüchtern!
Sehnsucht nenn ich die Mixtur.

*

Der Wichtel.

Nach „Tomten" von Viktor Rydberg aus dem Jahre 1881.

Die Winternacht ist kalt und hart.
Die Sterne glitzern, funkeln.
Zu dieser Stund ruht alles zart
im stillen Hof im Dunkeln.
Der Mond geht seine leise Bahn.
Der Schnee glänzt weiß auf dunklem Tann.
Der Schnee glänzt weiß am Dache.
Der Wichtel hält hier Wache.

Er steht am dunklen Scheunentor
vergraut vor dem Geschneibe
und schaut wie dutzendfach zuvor
hinauf zur Mondenscheibe,
schaut zu den Föhrn und Fichten hin,
die wandgleich um den Hof sich ziehn.
Das Rätsel aller Wesen
sucht er indes zu lösen.

Fährt mit der Hand durch Bart und Haar,
doch schüttelnd mit dem Haupte
spricht er: „Solch Rätsel – welch ein Narr,
der es zu lösen glaubte!"
Der Wichtelmann erhebt sich nun,
um seine Pflicht wie stets zu tun,
stapft los – und sucht indessen,
das Rätsel zu vergessen.

Vorm Schuppen und Geräteraum,
da prüft er alle Schlösser.
Am Krippchen einen Sommertraum
erträumen Küh und Rösser.
Vergessen Zug und Peitschenknall
träumt Pålle tief in ihrem Stall
mit Speichel auf den Lippen
von kleegefüllten Krippen.

Er geht zum Stall von Lamm und Schaf,
die träumen auch schon lange.
Im Hühnerstall schläft alles brav,
der Hahn auf höchster Stange.
Der Karo in dem Hundehaus
schläft sich im warmen Strohbett aus.
Der Wichtel mag ihn leiden –
Vertraute sind die beiden.

Dann stapft er still zum Bauernhaus.
Er lässt sich's nicht verwehren
und schaut auch nach den Menschen aus,
die allesamt ihn ehren.
Zum Kinderzimmer schleicht entzückt
der Wichtel stumm und still beglückt
und stellt sich auf die Zehen,
die Kinderlein zu sehen.

So sah er alle, Vater, Sohn,
und sieht noch heut verschwommen
wohl jegliche Generation.
Woher sind sie gekommen?
Die Ahnen blühten, welkten in
den Jahren, gingen – doch wohin?
Und wie vom Wind getragen
kam eine jener Fragen.

Er klettert auf das Scheunendach
zum Grübeln allenthalben.
Dort hat er Wohnung und Gemach
ganz nah dem Nest der Schwalben.
Ach, leer steht ihre Wohnung jetzt –
doch hat der Lenz erst eingesetzt,
lässt sich die Schwalbe wieder
mit ihrem Mann hier nieder.

Dann singt sie lieblich vor sich hin,
von ihren weiten Reisen.
Indes lässt jener seinen Sinn,
erneut ums Rätsel kreisen.
Die Scheunenbretter sind nicht dicht,
auf seinen Bart fällt Mondenlicht
und glitzert dort recht heiter,
er aber grübelt weiter.

Der Wald und die Umgebung liegt
gefangen dort im Eise.
Der Wasserfall, der nie versiegt,
rauscht stetig, leise, leise.
Der Wichtel, davon ganz betört,
beschließt, dass er das Leben hört.
Fragt sich, wohin es ginge
und wo der Quell entspringe.

Die Winternacht ist kalt und hart.
Die Sterne glitzern, funkeln.
Am Morgen noch ruht alles zart
im stillen Hof im Dunkeln.
Der Mond geht seine leise Bahn.
Der Schnee glänzt weiß auf dunklem Tann.
Der Schnee glänzt weiß am Dache.
Der Wichtel hält hier Wache.
*

Die Nacht.

Zeit für's Auge, nun zu rasten,
Zeit, den Geist hinauszuhängen
aus den diesseitigen Fängen,
aus dem grellen Gitterkasten.

Die Welt steht Kopf, wir baumeln unten.
Zeit, aus wirren Bodenwurzeln
durch die Bäume, durch die Stunden
in den Weltenraum zu purzeln.

Nur der Schlaf begrenzt das All.
Zeit, im kühlen Schwarz zu gleiten,
im Gestirn zum ersten Mal
ohne Druck sich auszubreiten.

Die Nacht versucht, uns zu entlasten,
unser Selbstbild zu verringern,
um mit runden Kinderfingern
nach der Ewigkeit zu tasten.

*

Die Notiz des Cyprian Bornschlegel.

Die Milch gab's an der Mutterbrust,
die Wärme in den Decken,
im Kindergarten gab es Frust,
beim Fangenspielen Zecken.

Beim Bäcker gibt es Dinkelbrot,
beim Autofahren Staus,
beim Tanken kriegt man Atemnot,
beim Buch-Release Applaus.

Der Stift ist in der Tasche drin,
Papier im Sekretär,
das Seil bringt mir die Nachbarin.

Doch wo kriegt man den Lebenswillen her?
*

Die Roseninsel.

Zwei Königskinder, in Lieb' verbunden,
zwischen Berg und Feldafing,
haben kein' Steg zunander gefunden,
hutschi heia, zunander gefunden.

Nicht Vater und Mutter oder Kahn,
zwischen Berg und Feldafing,
gewährten ihnen, sich zu umfahn,
hutschi heia, zu umfahn.

Sie flohen unter Mondens Scheibe,
zwischen Berg und Feldafing,
teilten die Wogen mit dem Leibe,
hutschi heia, mit dem Leibe.

Ein Engel hieß sie Land erreichen,
zwischen Berg und Feldafing,
sie herzten einander ohnegleichen,
hutschi heia, ohnegleichen.

Sowie sie aber die Zähren verwischen,
zwischen Berg und Feldafing,
sie werden zu Blüten und Dornenbüschen,
hutschi heia, Dornenbüschen.

Bis zum Morgen stehn sie und kosen,
zwischen Berg und Feldafing,
auf jener Insel voller Rosen,
hutschi heia, voller Rosen.

Er sagt Lebwohl, sie senkt die Lider,
zwischen Berg und Feldafing,
und sinken in die Fluten nieder,
hutschi heia, Fluten nieder.

Suche, mein Schatz, mich in der Not,
zwischen Berg und Feldafing,
in diesem Haine flammendrot,
hutschi heia, flammendrot.
*

Echo und Narziss.

Die süße Lust treibt Echo, den zu drängen,
der Hirsche jagend durch die Sträucher bricht.
Sie küsst ihn, doch Narziss erwidert nicht.
Lass ab! spricht er: Nie lass ich mich beengen

und bleibe hier! – Und flieht aus ihren Fängen.
Bloß: Bleibe hier! die Nymphe Echo spricht.
Beschämt deckt sie mit Laub ihr Angesicht
und lebt fortan in schwarzen Höhlengängen.

Doch weh! wen schaut Narziss im Bergquell dort?
Ein Jüngling nie gekannter Schönheit füllt
mit brennendheißer Leidenschaft sein Herz.

Doch unerreichbar ist der Schatz! Vor Schmerz
vergeht er schließlich vor dem Sehnsuchtsbild.
Ein gelbes Blümlein bleibt am Todesort.
*

Ein Windhauch, ein Schrei!

Da verliert das Kind die Mutter.
Mit leisem Hecheln
zum Busen wankend
und durch ein Lächeln
nur sich bedankend,
erquickt es sich an Mutterliebe ganz.
Ein Windhauch, ein Schrei!
Für immer vorbei.
Das Vieh vertreibt die Fliegen mit dem Schwanz.

Da verliert der Sohn den Vater.
Im Sturm, im Drange
einander entzweiend,
entbehrt man sich lange.
Doch schon verzeihend
will man einander in den Armen liegen.
Ein Windstoß, ein Schrei!
Für immer vorbei.
Das Vieh vertreibt mit seinem Schwanz die Fliegen.

Man verklammert sich ans Liebchen.
Lass Zeit mir, sagt man,
dich zu besingen!
Den Sang vertagt man,
denn holder klingen
poetisch ausgereifte Liebeslieder.
Da gellt's in den Ohren:
Für immer verloren!
Und ewig kehren die Insekten wieder.
*

Familienglück.

Milli-milli-millimeter
erster Nagel in das Holz,
biegt sich, kreischt, doch endlich steht er.
Zweiter Nagel in das Holz.
Vater, Mutter, Infantilie,
seht das Bildnis der Familie!
Götter! bin ich stolz!

Unser Sohn ging in die Länge.
Erstes Zimmer, rechts der Wand,
wird für drei allmählich enge.
Zweites Zimmer, links der Wand,
Vater, Mutter soll's genügen:
Unser Sohn soll sich vergnügen
ganz in Götterhand!

Eine Frau hat er genommen.
Erstes Zimmer, rechts der Wand,
heißt das junge Paar willkommen.
Zweites Zimmer, links der Wand,
wieget schauerlich die Alten:
Unser Sohn soll sich entfalten
ganz in Götterhand!

Einen Sohn hat er bekommen.
Ersterer Generation
wird alsbald der Raum genommen,
zweiterer Generation
schenken Götter Freudentränen,
seht, wie sich die Glieder dehnen
an dem neuen Sohn!

Weit hat sich sein Leib gespreitet.
Erster Senior-Elternteil
hinkt voran, dahinter gleitet
zweiter Senior-Elternteil
in den Innenraum der Wände.
Bretter! nehmt in eure Hände
unser Seelenheil!

Milli-milli-millimeter
erster Nagel in das Holz,
biegt sich, kreischt, doch endlich steht er.
Zweiter Nagel in das Holz.
Vater, Mutter, Infantilie,
seht das Bildnis der Familie!
Götter! ist er stolz!
*

Ferne Länder.

Der Wanderer wandert durch Wälder und Wiesen,
wo Blumen und Bäume dem Erdreich entsprießen.
Am Grenzverlauf des grünenden Tals
verweigert die Quelle ihr sprudelndes Fließen.
Auf sandigem Boden liegt Sandkorn auf Sand,
den Wandrer vermag dies nicht zu verdrießen.
Ohne zu zögern, betritt er die Wüste.
Was hat ihn zu solch einer Torheit verwiesen?

Will man ferne Länder sehen,
muss man durch die Wüste gehen,
weil man nichts im Leben findet,
was beglückt und zeitgleich bindet.

Ein Schiff treibt am Strande von Wasser getragen.
Horch, wie die Well'n an den Schiffswänden nagen!
Den Seefahrer zieht es zum offenen Meer.
Sieh ihn das Steuer nach Backbord einschlagen.
Gewitter und Regen erfüllen den Himmel,
der Wind dreht sich stetig seit einigen Tagen,
alles ist neu und die Schifffahrt ist heikel.
Was rechtfertigt wohl sein kühnes Betragen?

Will man ferne Länder sehen,
darf man nicht am Strande stehen,
weil man nichts im Leben findet,
was beglückt und zeitgleich bindet.

Ein schreckliches Sturmtief erschüttert die Nacht,
den Seefahrer stört's nicht, er jubelt und lacht.
Ein Seeungeheuer mit langen Tentakeln
greift nach dem Schiff, es beginnt eine Schlacht.
Er ringt mit dem Tiere und kämpft wie ein Krieger,
zuletzt hat es ihn um die Ecke gebracht.
Jetzt fragt man: Was sollte das Wandern erbringen?
Was hat er sich nur bei der Seefahrt gedacht?

Will man ferne Länder sehen,
muss man schließlich untergehen,
weil man nichts im Leben findet,
was ein' an das Leben bindet.
*

Flucht.

Ruhig ist der Wellenschlag fern dem Ufer,
auch mein Herzschlag hat sich zuletzt beruhigt.
Das Geschrei der Menschen verebbt indes im
schwappenden Wasser.

Todeslüstern, Schwimmzug um Schwimmzug, wölbt das
Salzgebirge sich nach dem Hades. Unten
klafft als schwarzgespiegelte Wolkenfront ein
endloser Abgrund.

Wasser. Ich zerschneide es mit den Händen.
Wasser. Keine Insel liegt vor mir, keine
noch so ferne Küste erschließt sich meinen
hungrigen Blicken.

Eine Nereïde besteigt den Äther.
Lange schwimmt sie neben mir her – und Tränen
schillern wie Libellen in ihren runden,
lidlosen Augen.

„Kehre um, denn Sonne und Kräfte schwinden!
Eh die Sterne zweifach dem Blau entwischen,
musst du bei den Menschen sein. Welche andre
Möglichkeit bleibt dir?"

Schön ist sie, und abstoßend – wie ein Jüngling.
Kräfte schonend gleite ich auf dem Rücken
und erwidre: „Etliche Möglichkeiten
gibt es im Grunde:

Könnte nicht die Sturmflut mich jäh ergreifen
und an unberührte Gestade schleudern?
Auch Delfine oder verirrtes Treibgut
könnten mich retten.

Und ist's nicht auch vorstellbar, dass ein Gott mir
neue Kraft verliehe? Zu guter Letzt bleibt
noch die Möglichkeit, meine Seele in die
Tiefsee zu speien.

Zu Familie, Freunden, Gefährten und den
Menschen meiner Heimat zurückzukehren,
ist bei Zeus! das Einzige, was tatsächlich
aussichtslos wäre."

*

Germania.

Was du bist und was du tatest,
nimmer werden wir verzeih'n.
Dass du heuchlerisch dich nahtest,
uns alsbald mit Füßen tratest,
wird dir zum Verhängnis sein.

Wie Indianer in den Gründen
sinnen wir auf deine Häutung.
Ob von vorne oder hinten –
unser Giftpfeil wird dich finden:
Nur dein Tod ist von Bedeutung.

Und die Kindeskinder erben
unsern Hass bereits als Föten.
Lass sie, Vettel, allsamt sterben,
ehe sie Genossen werben
und von innen her dich töten.

Glaube nicht, uns zu verblenden
mit Geschenken – wir sind da,
um dein Leben zu beenden
und die Leiche noch zu schänden.
Sieh dich vor, Germania.

*

Glück.

Winterefeu, flüchtiges Taubenschwänzchen.
Alles, was ich ringsherum sehe, dauert.
Kurze, lange Zeitspannen, aufgeschichtet
über und über.

Zu den Göttern stieg ich empor, beschwor sie:
Zeigt mir, was nicht dauert und dennoch da ist,
jenen Unsichtbaren, der Linien bildet!
Zeigt mir den Zeitpunkt!

Doch die Götter spotteten meines Wunsches:
Kehre um! Olympisch verklärte Sphären
können dir den Zeitpunkt nicht sichtbar machen.
Wir sind das Immer.

Zu den Schatten stieg ich hinab und brüllte:
Zeigt mir, was nicht dauert und dennoch da ist,
jenen Unsichtbaren, der Linien bildet!
Zeigt mir den Zeitpunkt!

Doch die Schatten spotteten meines Wunsches:
Närrin! Die plutonisch verrauchten Sphären
können dir den Zeitpunkt nicht sichtbar machen.
Wir sind das Nimmer.

Zu den Menschen, Bäumen und Bestien sprach ich:
Zeigt mir, was nicht dauert und dennoch da ist,
jenen Unsichtbaren, der Linien bildet!
Zeigt mir den Zeitpunkt!

Und die Menschen, Bäume und Bestien sprachen:
Suche nicht bei andern, nur bei dir selber,
was da Punkt um Punkt eine Linie bildet.
Glück heißt der Zeitpunkt.

Also lag ich jahrelang auf der Lauer.
Plötzlich war es da und ich fuhr zusammen,
weitete die Augen, es zu betrachten.
Da war's verschwunden.

*

Heuschreck und Ameise.

Ein Heuschreck voll Gemütlichkeit,
hopp hopp, hopp hopp, schrumm schrumm,
der fiedelte die ganze Zeit
auf seiner Geige rum.
Fiedelbum!

Er sang und spielte jeden Tag,
hopp hopp, hopp hopp, schrumm schrumm,
und machte sich mit Müh und Plag
doch lebenslang nicht krumm.
Fiedelbum!

Die Ameis sorgte, armer Tor,
hopp hopp, hopp hopp, schrumm schrumm,
inzwischen für ihr Alter vor
und hob ein ganzes Trumm.
Fiedelbum!

Den Heuschreck kritisierte sie,
hopp hopp, hopp hopp, schrumm schrumm,
und lauschte nie der Melodie
und fragte nie, warum.
Fiedelbum!

Sorg vor, du Heuschreck, sagte sie,
hopp hopp, hopp hopp, schrumm schrumm,
sei fleißig, Wohlstand währet nie,
sorg vor und sei nicht dumm!
Fiedelbum!

Der Heuschreck aber lachte nur,
hopp hopp, hopp hopp, schrumm schrumm.
Das Leben, sprach die Frohnatur,
ist viel zu schnell herum!
Fiedelbum!

Der Wohlstand dient dem Müßiggang,
hopp hopp, hopp hopp, schrumm schrumm,
im Grabe bin ich ach so lang
noch geigenlos und stumm!
Fiedelbum!

So ging es viele Jahre lang,
hopp hopp, hopp hopp, schrumm schrumm,
die Ameis schalt, der Heuschreck sang
und scherte sich nicht drum!
Fiedelbum!

Die Zeiten wurden wirklich schlecht,
hopp hopp, hopp hopp, schrumm schrumm,
von aller Plackerei geschwächt
fiel bald die Ameis um!
Fiedelbum!

Der Heuschreck sang ihr Trauerlied,
hopp hopp, hopp hopp, schrumm schrumm,
und erbte gleich, als sie verschied,
ihr ganzes Eigentum!
Fiedelbum!
*

Hochzeit [rueckblende].

Uhrig Zwölfe glockt die Tanne,
im Gemelk die Gräser schumpen.
„Gießt Kastanien in die Pfanne,
startgelocht, die Steaks zu rumpen!"

Seht! von Dasig schwillt das Wallen
nach dem Band, dies herzlich Amten.
Augen tröpfeln von den Quallen,
wie der Anblick rüsselt – samten!

Edelweiß auf schwarzem Kittel,
licht, die Strebe zu verglänzen,
Zweisamkeit als letztes Mittel,
ehe – Storch! – sie schließlich kränzen.

Hannah: „Ri-Ra-Rutsch im Loder?"
Otto: „Hopp-Hopp-Hopfendolde!"
„Kutsch ist delicato, oder?"
„Darf ich Euch begleiten, Holde?"

Angeknackt wird quatsch die Torte –
wessen Schneide soll sie staffeln?
Hannah peitscht's Pianoforte,
Otto lehrt mit scharfen Waffeln.

Worte, Wort, Ewór, Tewó,
L wie Alice oder Latte,
Kaffee weint man lichterloh,
Fotos knirpsen die Krawatte.

Hei! im Weizen rauscht die Gruppe!
Kommet, die wir Knäcke bräuchten,
Herzen wärmt die Indie-Suppe.
Lust, weil dirne Wirbel feuchten!

Alle meine Freunde bin ich!
Danke euch, die mich vertonten!
Durch die letzten Karpfen rinn ich,
wenn der Sitten Bröckel monden.

Hannah: „Ri-Ra-Rutsch im Loder?"
Otto: „Hopp-Hopp-Hopfendolde!"
„Flutsch ist futschikato, oder?"
„Darf ich Euch bekleiden, Holde?"
*

Ich warte hier.

Mein Liebling,
ich wollte im Grunde nicht sterben wie du!
Ich wollte nicht dort in die Unterwelt fahren,
um zwischen den wimmelnden, furchtsamen Scharen
als Abklatsch zu leben, was wir beide waren.
Ich käme doch niemals als Schatten zur Ruh!

Ich brauche Unsterblichkeit, um dich zu sehen:
Ich warte und lasse die Weltmeere wallen,
Vulkane zerbersten, die Sturmwinde wehen,
Oasen veröden, Planeten vergehen,
die Sterne verlöschen, die Urknalle knallen,
Kometen auf sämtliche Sinnfragen prallen.

Nach zweien, nach tausend, vielleicht nach Milliarden
von neuen Gestirnen, unendlichem Warten,
da beißt sich die Natter des Seins in den Schwanz.
Sie kullert letztendlich, um wieder zu starten,
von Giften und Gegengift zuckend im Tanz:
Es keimt eine brandneue Erde im Kranz.

Und irgendwo dort zwischen Werden, Vergehen,
erkalteter Lava und grünenden Steinen,
fischartigen Wesen am Festland mit Beinen,
dort werde ich wieder dein Bildnis erspähen:
Du wirst in der drückenden Stille erscheinen
und ich werde wartend am Meeresstrand stehen.

Mein Liebling,
ich wollte im Grunde nicht sterben wie du!
Ich gleite auf Schlangenhaut quer durch die Zeit,
bis alles von vorne beginnt, auf dich zu.
Ein Kuss, ein Umarmen, ein kurzes Geleit
bedeutet wohl nichts in der Endlosigkeit.
Ich warte hier dennoch, mein Schatz, immer wieder
beständig auf dich – für ein Zucken der Lider.
*

Krieg.

Welcher Dämon hatte mich nur geritten,
dieser Welt der Kriege und rohen Männer,
dieser Welt, die einzig vom Tod beherrscht wird,
Nachwuchs zu schenken?

Hätt' ich keine Tochter – ich würde unter
den Olivenbäumen spazieren gehen,
um berauscht dem stöhnenden Klagelied der
Blätter zu lauschen.

Hätt' ich keine Tochter – Geäst und Laubwerk
würde ich durchschwimmen, die Beine trotzig
von der höchsten Baumkrone baumeln lassen,
summen und dichten.

Hätt' ich keine Tochter – ich würde auf die
Meereswogen blicken, das Feindesschiff am
Horizont als Schicksal begreifen und das
Ende ersehnen.

Weil ich aber nun eine Tochter habe,
weil sie strahlt und atemlos plappert und sich
bei mir sicher fühlt – bin ich immerdar von
Ängsten getrieben.
*

Lesbos.

Es umklammert hitzig die Flut das Land.
Mancher Marmortempel, der dort bestand,
wird von Macchia schamhaft nun überspannt.
Heiliger Hügel.

Mädchen, frisch im Maien emporgeblüht,
von den Lippen klingt noch ein Kinderlied,
doch verstummt's mit schwellendem Appetit,
Maiglöckchenduft.

Wie verbleibst du, hauchdünnes Blatt, begehrt,
im Olivenschatten stets unversehrt,
weil dich Jungfernfinger und Mund nicht stört,
zartrosa Mohnblatt.

Lass mir diese Insel verklärter Lüste,
dort, wo jedes Mädchen noch Mädchenbrüste
ungetrübt am flüsternden Bächlein küsste.
Lesbos, ach! Lesbos!
*

Liebe.

Wehe dir, du treibst auf Charybdis' Schlund zu.
Pack das Ruder, reiß es herum und dreh das
Boot in die entgegengesetzte Richtung.
Noch ist es möglich.

Ja, ich kenne Schlaflosigkeit, wenn Mücken
mit verhasstem Misston im Schlafraum kreisen,
schwirrende Gedanken – doch diesmal ist es
tausendmal schlimmer.

Ja, ich kenne Eifersucht, wenn Charaxos
wieder alle Blicke mit seinem Witz und
Wesen auf sich zieht – aber diesmal ist es
tausendmal schlimmer.

Ja, ich kenne Sehnsucht, wenn weder Honig
noch Melonen schmecken, weil nur die Freundin
Süße spenden kann – aber diesmal ist es
tausendmal schlimmer.

Weh, Charybdis zeigt ihre tausend Zähne.
Pack dich, dreh dich, rudere rückwärts oder
bete zu Poseidon. Es ist zu spät, den
Kurs noch zu ändern.

*

Lotos.

Strahlendste Schönheit des Tempelgartens,
Lotos im dampfenden Bach, vor deinem
Antlitz verneigt sich die spröde Weide,
Immen umtanzen mit süßem Ton dich,
heilige Hoheit, Geliebte Shivas,
alles Geschöpf heischt um deine Gunst.

Jenseits des Ufers, der Strömung trotzend,
thronst du im Spiegelsaal, unerreichbar.
Ach, deinen Nektarduft zu erhaschen,
dürfte mir Lustwandler stets verwehrt sein.
Gibt es auch niemanden, der dich mehr liebt –
dich zu entführen, bleibt Hochverrat.
*

Lust.

Dämpfig weilt das Meer in der Bucht von Pyrrha.
Keine Wellen trüben das seichte Wasser,
keine Flut gefährdet den Schritt der Füße.
Himmlischer Spiegel.

Wäre es nicht anregend, Psappho, einmal
bartumkränzte Lippen zu küssen, fragt sie.
Und beäugt den Mann in der fernen Barke,
lacht und verwirft es.

Muscheln sammle ich in den Schurz der Toga,
sie betritt das Wasser und zieht die Toga
arglos trällernd über die Knie. Infamer,
himmlischer Spiegel.

Dämpfig weilt mein Sinn in der Bucht von Pyrrha.
Wäre es nicht anregend, einmal diese
bartumkränzten Lippen zu küssen, Psappho?
Ist das verwerflich?
*

Mein Leben ist ein Pilz im Wald.

Mein Leben ist ein Pilz im Wald,
dereinst von prächtiger Gestalt,
doch heute schon gebeugt.
Verzweifle nicht! Mein größter Teil
bleibt ewig unsichtbar – doch heil
und tausendfach verzweigt.
*

Moral.

Im Vertrauen: Meine Moral ist eine
honigsüße Fata-Morgana-Landschaft.
Jene Menschen, die zu mir Abstand halten,
werden sie sehen.

*

Morgendlicher Ausblick.

Aus jenem gelben Bergeskreise
in das Wasserblau hinein
taucht schlafestrunken, leise, leise
des betagten Helios' Schein.

Voll goldener Bestäubung schwingt
ihr Haar im Wellengang der Lüfte
und an meine Sinne dringt
ihr Wirbel süßer Circendüfte.

Ihr Geschmack auf meinem Munde,
ihre Wärme überall
erheb ich mich, späh in die Runde,
in das kühl umspülte Tal.

Auch Gaia schwebt in spätem Traum,
verschlafen tuscheln Dorf und Städte,
blinzelnd hockt der Fink im Baum
dick eingehüllt im Federbette.

Wie die Äpfel dort am Haine
ist mein Herz so satt und voll.
Es wartet auf die Hand, die kleine,
die es endlich pflücken soll.

Wie all die roten Blätter dort,
so zerrt an mir die Jugend treulos,
reißt im Wind der Zeit sich fort!
Ich seh sie flattern, seh es reulos.

Just vor unsrer warmen Bleibe
schlängelt sich ein breiter Weg,
als ob das Schicksal ihn vertreibe
bald gerade und bald schräg.

Er führt durch Städte, durch das Land,
durch tiefe Klüfte, dunkle Tannen,
durch die steile Felsenwand
viel hundertfach verzweigt von dannen.

Die Seitenwege bergen Tränen,
sei der Hauptweg noch so schwer.
Am Rande rekeln sich Sirenen
und verführen dich zum Meer.

Ich seh vom blauen Dunst verwischt
am Ende eines jeden Pfades
Charon in der rauen Gischt,
der Fährmann zum entfernten Hades.

Schaurig ist es, ihn zu sehen,
ängstlich weiche ich zurück!
Mit ihr jedoch zu ihm zu gehen,
oh, ihr Götter, welch ein Glück!
*

Nikolausspruch.

Wenn lange Schatten wie Gespenster
diese Ortschaft schwarz bemalen,
wenn durch eisbeblümte Fenster
warme Kerzen nachtwärts strahlen,
wenn die Stille wie ein Schleier
heimelig auf Erden lastet,
wenn im Tann wie im Gemäuer
alles döst, was sonsten hastet,
dann macht sich der Winter breit.
Was unsre wirkliche Gestalt ist,
zeigt die graue Jahreszeit,
denn Wärme spürt man, wenn es kalt ist.

In der Wiege kalten Schnees,
hoch oben in der Wolkenklüften
bat das Christkind mich indes
zu prüfen, was wir immer prüften:
Ob die Kinder hier auf Erden
artig oder boshaft seien,
würdig, reich beschenkt zu werden,
oder nach der Rute schreien.
„Steige,“ sprach das Heilge Kind,
„hinab zur Erde in den Tann,
dort, wo die rauhen Perchten sind,
und gehe zu den Kindern dann.“

Und ich stieg hinab vom Himmel,
und auf eine Waldeslichtung.
Das Spektakel, das Gebimmel
drang wie sonst aus jeder Richtung.
Finstre Schemen, grimme Schatten
huschten, hetzten immerfort,
wo Flocken braunes Moos bestatten:
Spukgestalten hier wie dort!
Ich sah sie jäh die Nüstern weiten,
„Kinder, Kinder“, schnurrten sie.
„Nur einer darf mich heut begleiten!“,
schimpfte ich – da murrten sie.

Der größte Krampus unter ihnen
trabte mit mir durch Gesträuch,
erstarrten Schlamm, durch weiße Dünen
stetig nach der Stadt: Zu euch.
Ich bin in der Türkei geboren
und ich kenne Prunk und Pracht,
Paläste, blau, mit goldnen Toren
wie in Tausendeiner Nacht.
Ich weiß, wie appetitlich südlich,
wie man köstlich östlich thront.
Ach, aber nochmal so gemütlich
scheint das Heim, das ihr bewohnt.

Rote Kerzen glühen heilig,
duftend glänzt das Tannengrün,
die Weihrauchschwaden träumen bläulich
sich zum fernen Frühling hin.
Am Tisch der Keks das Kipferl küsst,
der süße Punsch tanzt durch die Wohnung –
horcht nur, liebe Leut: Das ist
für rechtes Leben die Belohnung.
Also bleibt mir nur zu hören:
Habt ihr Kinder euch benommen?
Darf ich Naschwerk euch bescheren
oder muss der Krampus kommen?
*

Schöpfung.

Hörst du nicht dein Kind in der Tiefe schreien?
Sieh dich vor – die Lustnacht, in welcher du mit
drallen Mädchenleibern der Liebe fröntest,
neigt sich dem Tage.

Küss ein letztes Mal deine Gattin Gaia,
reiß ihr das Gewand von den weißen Schultern
und ertrinke, Uranos, nochmals in der
wogenden Salzflut.

Sichelschwingend wird sich dein Kind erheben.
Schreien, um dich schlagen, um Gnade flehen
wirst du – ach! wie mitleidlos wird es lachen,
ebenso Gaia!

Eine Wunde, eine entblößte Wunde
klafft für alle Zeit zwischen deinen Beinen,
schamhaft, machtlos, immerfort nässend, niemals
gänzlich verheilend.

Greul und Ekel keimt, wo das Blut aufs Land fällt.
Aus dem Samentropfen des Bösen aber,
in der Brandung unweit von Kypros' Küste,
steigt Aphrodite.
*

, Sinn.

Einen hübschen goldblumengleichen Liebling
trag ich Tag für Tag in der Brust spazieren –
im Geäst des Herzens verfangen gleich im
Netz einer Spinne.

Einen hübschen goldblumengleichen Liebling
habe ich – mit einem charmanten Wesen,
dass ich, seiner Weiblichkeit ungeachtet,
Herzrasen kriege.

Meinen hübschen goldblumengleichen Liebling
– meine Kleïs – möchte ich nimmer missen.
Nicht für Eros' nächtliche Lust und nicht für
Lydiens Reichtum.

Wofür lebt man? fragen die Philosophen.
Gibt es einen Sinn? fragte auch Charaxos.
Weil sie keinen Liebling wie ich besitzen,
quält sie die Frage.
*

Sintflut.

Mein Name ist Noah,
meine Arche ist mein Garten.
Zwischen meinen Tieren sitzend
will ich auf die Sintflut warten.

die welt – ein bunt bemalter spielplatz
die farbe stinkt nach methanal
in die eisigen gitter krallend
das waldplakat dahinter
nicht ertragend wir kinder
den kopf in den sand
zu tisch zu tisch
wir knabbern an kranken tierkadavern
zum nachtisch plastikkuchen
spielstunde
wir würfeln mit schwerem granit
rühren rühren teer und dreck
schaukeln uns gegenseitig hoch
rutschen mit nacktem hintern
die rutschbahn hinab
juchhe

Mein Name ist Noah,
meine Arche ist mein Garten.
Zwischen meinen Tieren sitzend
will ich auf die Sintflut warten.

Wie lacht die Rose!
Wie glitzert der Tau!
Wie ist der Morgen
So sommerlich lau!
Wie grünen die Moose
So seltsam im Licht,
Im Garten geborgen,
Verwildert und dicht!
Wie dampft der Rasen
Von Unkraut und Büschen!
Wie hübsch gedeihen
Die Tiere dazwischen!
Wie tanzen die Hasen!
Die Vögel im Kleid!
Ein jedes zu zweien,
Zu leben bereit!

Mein Name ist Noah,
meine Arche ist mein Garten.
Inmitten meiner Tiere sitzend
harre ich der Sintflut
und kann es kaum erwarten.
*

Tritons Nachtgesang.

Wogen steigen, Wogen schwellen,
Flut und Lüfte: Werdet Schaum!
Entschlüpftest du den süßen Quellen,
stirbst du im Gebraus der Wellen,
stirbst im größten Lebensraum.

Wer diese Grenze überschreitet,
wird zu Schaum, zu weißem Schaum.
Wer nicht mehr auf den Wogen reitet
oder unter ihnen gleitet,
überlebt den Fehltritt kaum.

Ein blaues Ballkleid ist die Brandung,
wo sie Falten wirft, ist Schaum.
Vom Glitzerprunk bis zur Versandung:
Manchen schmeichelt die Gewandung,
manchen würgt der enge Saum.

Wogen schwellen, Wogen steigen,
ein Gebirge wächst im Schaum!
Apoll macht sich die Welt zu eigen,
golden wird das Meer sich zeigen,
leichenblass der Weltenraum.

Entschlafen ist das ferne Schweigen.
Weit vom Land her bis zum Schaum,
um goldnen Zucker auf den Feigen
und Liebkosung in den Zweigen
bitten wieder Busch und Baum.

Zur Ruhe nun, du bunter Reigen,
bette dich in weichen Schaum!
Das Landvolk mag sich nun verneigen,
unsereins muss tiefer steigen,
in den schönsten Schaum: den Traum!
*

Vom König und der Wassernixe.

I.

Fernab der königlichen Zinnen
stand der Jüngling still im Rohre.
Schwäne füttern war sein Sinnen
und die Einsamkeit im Moore.

Das Wasser rauscht', das Wasser schwoll,
die Schwäne hoben ihre Flügel.
Denn aus schwarzen Tiefen quoll
die Wassernixe durch den Spiegel.

Ein feines Tropfennetz bedeckte
lieblich ihre satten Brüste!
Ihre Wohlgestalt erweckte
in dem jungen König Lüste.

Sie rief: „Mein Tümpelbett ist weich
und tief mein Wasserlilienreich!
Reck dich herüber ohne Bangen
und ich stille dein Verlangen!"

Verlockend drang das süße Schnarren
an das grünlich-junge Ohr.
Ein kühler Wind ließ ihn erstarren:
Heftig bebte er und fror.

„Reckst du dich, so schmeckst du mich!",
sprach das Weib und kämmte sich.

So blass der Leib auf glatter Schwärze!
Nur so klein der Schritt zur Tiefe!
Ach! es sprach des Königs Herze,
dass es gern da unten schliefe!

„Reckst du dich, so schmeckst du ..." – Hei!!
Da plötzlich fuhr ein Schwan herbei!
Hob stolz sein Haupt, sang Melodien,
der Nixenspuk ertrank darin.

Beharrlich sang der Schwan die Lieder;
schließlich ward die Nixe bleich.
Mit Flüchen tauchte diese nieder
in ihr nasses Königreich.

Sowie das schwarze Wasser kreiste,
stand der König steif und starr,
dieweil es ihm beglückt im Geiste
und bedrückt im Herzen war.

Doch sein Gemüt gab schließlich nach,
bald lachte er im Schilfgefilde!
Drauf den Schwan der König sprach
zu seinem Vor- und Gottesbilde.
*

II.

Die Herrscherjahre schritten zäh,
der Wunsch nach Einsamkeit bestand.
Und tat das Herz dem König weh,
stieg er hinab zum Uferrand.

Der König schauderte im Schilfe,
wenn das Wasser sich erhob.
Nur einmal, als kein Schwan zur Hilfe,
aus dem Teich die Nixe stob.

Erneut lud diese mit Getön
und mit verspieltem Händewinken
und dem Busen, reich und schön,
ihn ein, zum Teichesgrund zu sinken.

Des Königs aufgereizten Leib,
die Bö des Geistes kühlte ihn.
Und endlich sang er zu dem Weib
Gedichte, Lieder, Melodien.

Mit welchem Zorn die Nixe wich!
Oh! wie die schwarzen Fluten wallten!
Doch der König konnte sich
mit Liedern über Wasser halten.

Die Nixe kam noch oft hervor,
noch einmal, nochmals, immer wieder.
Doch er schenkte ihr kein Ohr,
da er Gedichte sang und Lieder.

Aus diesem Grunde meinte er,
dass künftig er doch sicher wär.
Doch dachte er zuweilen bang:
Poesie ist Schwanensang!
*

III.

Als eines Tags nach vielen Jahren
in dem Schlosse dicke Luft
und Ängste im Monarchen waren,
stieg er in die Wanderkluft.

Zerstreut stieß er im grünen Hain
auf ein verborgenes Gewässer.
Wenn auch seufzend zwischendrein,
so fühlte er sich gleichwohl besser.

Doch wieder barst der Teich entzwei!
Und aus den beiden Wellenmauern
fuhr die Nixe rasch herbei,
dem armen König aufzulauern.

„Entferne dich von deinem Posten,
meine zarte Haut zu kosten!"

„Satanischstes der Frauenzimmer,"
schrie der König, „scher dich fort!"
Sie rief: „Ich weiche nimmer, nimmer;
viel zu einsam ist es dort!"

Mit Liedern wollt' er sie ermatten,
doch er fühlte sich gehindert,
denn die tiefen Ängste hatten
seinen Liederschatz geplündert.

Die kalte Nixe voller Gier
begann nun, lachend loszulegen:
„Schöner König, beug dich mir!
Beug dich mir entgegen!"

Kein kühler Wind tat heute schwingen,
seinem heißgelaufnen Herze
etwas Frische darzubringen.
Weh!! es füllte ihn die Schwärze!

Er bebte, strauchelte sogleich,
verlassen von den Melodien
fiel er zum Schlusse in den Teich.
Die Wassernixe packte ihn
und zog hinaus ihn in die Flut.
Sie tauchten ab
zum Tümpelgrab.
Droben blieb der Hut.
*

Von den Bergsteigern.

Als ich noch ein Knabe war,
bat mein großer Bruder mich, ihn zu begleiten.
Er wollte ins Gebirge gar!
Also ging ich mit ihm, stets an seiner Seiten.

Und er sprach:
„Los, los, mein Bruder, auf, hinauf!
Es muss höher, höher gehen!"
Und ich sprach:
„Zu steil scheint mir des Berges Lauf!"

Dann im dichten Fichtenwald
schnaufte ich, erbat mir Pause, kurze Ruh!
„Mitnichten!", sprach der Bruder bald.
„Auf, hinauf!", sprach er und ging noch schneller zu.

Und ich rief:
„Es ist zu schwer, ich kann nicht mehr,
es geht zu schnell, so bleib doch stehen!"
Und er rief:
„Es muss höher, höher gehen!"

Dann im spröden Krüppelholz
schwitzte ich und kroch alsbald auf allen Vieren.
Mein Bruder, hastig und auch stolz,
tat nicht zögern, sondern immerfort pressieren.

Und er schrie:
„Ich kann bereits den Gipfel sehen,
es muss höher, höher gehen!"
Und ich schrie:
„Bruder, ach, so bleib doch stehen!"

Ich blieb liegen, sah gespannt,
wie mein Bruder dichter auf den Gipfel drang.
Als er dann schließlich oben stand,
weinte er! Ich schrie um Hilfe, doch er sprang!

*

Wehre, wehre.

Ein Eiland, wohl verwahrt im Nebelschleier,
verheißt die Ewigkeit des Ozeans
und ist der Born im heißen Wüstenfeuer,
im trüben Meer der letzte Farbenglanz.
Auf unverblümtem Sand – so wird erzählt –,
gespeist von märchenhaft beredten Quellen
man Feigenfleisch aus jeder Palme schält –
Garnelenschwärme sind die Gischt der Wellen.

Wie viele Paare aber dorthin strebten
und fuhren auf die See mit morschem Nachen,
obschon die Fluten stetig darin bebten
und tausend Boote schon und Schwüre brachen!
Als arglos du und ich zum Nachen liefen,
nicht ohne süße Blicke uns zu schenken,
erschollen ihre Stimmen aus den Tiefen,
mit jenem grimmen Kehrvers mich zu kränken:

Kehre, kehre dich vom Meere,
hör doch unser Klagelied!
Bleib am Strande! Kehre, kehre,
sonst singt ihr dies Liedlein mit!

Doch hätte keine Mahnung uns gestört,
auch fuhren viele Paare hinterdrein,
ein jedes von der Zuversicht betört,
demnächst auf diesem Eiland schon zu sein.
Doch türmte sich bereits die erste Woge,
das Wasser gurgelte, der Himmel fluchte,
und jäh erschien ein Walfisch in dem Soge,
der ebenfalls mich zu ermahnen suchte:

Kehre, kehre dich vom Meere,
hör doch, wie dein Mädchen keucht!
Fahre heimwärts! Kehre, kehre,
dass die Kraft euch nicht entfleucht!

Ein Sturm brach los – das Mahnen war vertan.
Sowie die Boote drehten oder kippten,
Geliebte! stimmten wir ein Liedlein an,
auf dass wir nun im Takte vorwärts wippten.
Doch trieb die See mit uns brutalen Spott
und Blitze zuckten – ebenso wie du.
Und jäh durchfuhr den Schaum der Totengott
und schrie mir wütend durch das Malmen zu:

Kehre, kehre dich vom Meere,
sieh doch, wie dein Weib erblasst!
Ach, es strauchelt! Kehre, kehre,
dass es meine Hand nicht fasst!

Ich griff die Ruder, sie jedoch zersprangen,
sah nur ein Boot noch – und dass dieses leer war,
und hielt dich schließlich, Liebling, fest umfangen,
indes das Atemschöpfen dir so schwer war.
Geglättet ward darauf das blaue Wasser
und alle Wolkentürme rosarot,
doch du lagst keuchend, aber immer blasser
in meinem Arm auf dem kaputten Boot.

Wehre, wehre doch dem Meere!
Sieh die Möwe in der Gischt!
Atme, atme, wehre, wehre!
Hör, wie sie Garnelen fischt!
*

Weihnachtssonett.

Nun schläft die Nixe wieder auf dem Grunde,
vom Eis gleich einer Decke überspannt.
Statt ihrer am erstarrten Waldesrand
erscheint die Zwergenschar zur selben Stunde.

Und zieht hinaus, hinaus mit froher Kunde
und flüstert mit dem Schnee in Stadt und Land
von Dingen, die hier lange keiner fand,
und mancher stößt in deine stille Runde.

Wacholderdrosseln vor dem matten Fenster,
am weiß bemützten Äpfelrest sich labend,
beglücken dich am frühen Heiligabend.

Verstummte Lieder säuseln wie Gespenster.
Es stimmt noch! Selig, wer mit vollen Händen
des Herzens Reichtum teilt, um Trost zu spenden!
*

Wiegenlied.

Liebling, weine nun nicht mehr,
bete stumm dein Nachtgebet.
Durch die Himmel geht der Herr,
kehrt hinaus den Wolkenteer
und es qualmet, wo er geht.

Vater Rhein schnürt seine Landschaft.
In der Strenge seines Tuns
krümmt sich lieblich die Verwandtschaft
und verwünscht, was seine Hand schafft.
Keine Angst, du bist bei uns.

Süß verblutend auf dem Rhein
strömt der Abend Richtung Nacht.
An den Burgen spielt der Schein,
spielt von unten am Gestein.
Und die Wälder glimmen sacht.

Jeder Segenswunsch gilt dir.
Lass die Wogen ruhig peitschen.
Dein Befinden im Visier
sind doch Kahn und Wellen hier,
dich ins Träumeland zu heitschen.

Keine Stürme und Sirenen
machen unsern Kurs gefährlich.
Sieh die Nacht am Felsen lehnen,
hör die alten Drachen gähnen,
schlaf, mein Liebling, schlafe herrlich.

*

Wir sterben denn!

Wir sterben denn!
Doch ungleich heller glüht die Brust
den Sterbenden, den Sterbenden
in Liebeslust.

Lass den Plebs von Liebe röhren,
Herz und Schmerz zusammenleimen,
stumpfe Federn Herzblut schleimen,
Atemlosigkeit beschwören.

Nie wird sich ein Paar geleiten
und wie du und ich sich nah sein.
Lass uns den Kokon – das Dasein –
brechen und die Flügel spreiten!
Heißes Blut durchdringt die Brust mir,
deines ist es – nimm dir meins
und ersetze den Verlust dir!
Und wir werden wahrlich eins!
Scheinbar nur bedrängt der Krampf dich,
deinen Leib an mich zu pressen,
Leidenschaft ist es indessen
und zermahlt unendlich sanft mich!

Wie du stöhnst und zitterst nun.
Ruhig, Schatz – ich werde wachen.
Auch den Sprung in Charons Nachen
musst du nicht alleine tun.

Wir lieben denn!
Doch ungleich heller glüht die Brust
den Liebenden, den Liebenden
in Todeslust.
***

99

FSC
www.fsc.org
MIX
Papier | Fördert
gute Waldnutzung
FSC® C083411

Zeitfracht Medien GmbH
Ferdinand-Jühlke-Straße 7
99095 Erfurt, Deutschland
produktsicherheit@kolibri360.de